W0368581

(Je commence à lire)

ISBN 2-245-00813-8
N° Éditeur 10271

Charlotte et Léo

Anne-Marie Vesco

Charlotte et Léo sont jumeaux,
mais ils ne veulent pas se ressembler
comme deux gouttes d'eau.
Charlotte copie ses copines.
Léo copie ses copains.

Quand Charlotte rentre de l'école,
elle demande à Papa :
–Achète-moi une jupe à petits pois !
–Encore ! dit Papa.
La semaine dernière, tu voulais des
socquettes violettes,
l'autre jour, une salopette à pâquerettes
et avant-hier, un serre-tête avec des
paillettes !
–Sophie a une robe rouge à pois noirs !
explique Charlotte.
La maîtresse a dit qu'elle ressemblait à
une coccinelle !
Moi aussi, je veux une jupe
coccinelle...
Il n'y a que Marine,
à l'école, qui a toujours
la même jupe grise !

Quand Léo a recopié sa dictée,
il demande à Maman :
– J'aimerais bien que tu couses une
planète sur mon pull-over.

– Je n'ai pas le temps ! dit Maman.
J'ai déjà brodé un faucon sur ton pantalon,
piqué un dragon sur ton blouson,
tricoté un iguanodon sur ton gilet marron !
Léo est furieux :
– Jérémie, lui, il a une planète sur son pull-over !
La maîtresse a dit qu'il avait un pull-over spatial.
Moi aussi, je veux un pull-over... spécial.
Il n'y a que Marine, à l'école, qui a toujours le même pull-over tout vieux !

Heureusement pour Charlotte et Léo,
à la maison, il y a Mamie.
Mamie comprend tout.
De son temps, toutes les petites filles portaient des chapeaux ronds et des bottillons.

Tous les petits garçons avaient des culottes courtes et des bérets à pompon.
Le lendemain, comme toutes ses copines, Charlotte part à l'école avec une jupe coccinelle.
Et comme tous ses copains,
Léo part à l'école avec un pull-over spatial.

À la récréation, tous les enfants jouent,
sauf Marine.
Marine n'a pas de chaussettes violettes,
de salopette à pâquerettes,
de serre-tête avec des paillettes,
de jupe rouge à pois noirs !
personne ne la regarde...
Avec son vieux pull-over et sa jupe grise.

C'est bientôt Mardi-gras.
Chacun doit se déguiser.
Le plus beau costume sera récompensé.
La maîtresse montre des photos,
des dessins,
propose plein d'idées.
Mais toutes les copines de Charlotte
dessinent une robe de fée
et tous les copains de Léo peignent un
costume de robot.
Alors Charlotte et Léo font exactement
comme eux.

Distrait, Léo laisse tomber une grosse
goutte de peinture
sur l'épaule de Marine, sa voisine.

Marine pleure. Son pull-over est tout taché.
Léo frotte la tache avec une éponge.
La tache s'étale.
Léo gratte avec son ongle.
Il fait un trou.
Marine pleure, pleure!
Pour la consoler, Léo l'invite à fabriquer les déguisements de Mardi-gras chez lui, avec Charlotte.

Marine est intimidée.
Personne ne l'a jamais invitée.
–Moi, je ferai un robot, dit Léo.
–Moi, je ferai un robe de fée, répond Charlotte.
–Moi, j'aimerais bien faire une bête rigolote, dit Marine.

Mamie apporte le goûter.
Mamie qui comprend tout.
– Si vous veniez avec moi ? leur propose-t-elle.
J'ai une malle de déguisements dans le grenier.

Le lendemain, sous le préau de l'école,
le défilé commence.
Il y a des fées étoilées,
couronnées et dorées.
Il y a des robots métalliques,
des robots en plastique, comiques ou
cosmiques.

Mais tous les costumes sont identiques !
Les maîtresses bâillent
et les spectateurs s'ennuient, s'ennuient.
Soudain, entre une drôle de bête.

Elle a trois têtes.
La première ressemble à une tête de souris,
la deuxième a une tête de canari,
la troisième a une tête d'otarie.

Son ventre est gros et poilu
comme un ours tout dodu.
Elle a six mains roses comme de la guimauve.
et six pattes chaussées de bottes qui trottent.

Les robots et les fées très étonnés,
se moquent de la bête à bottes
qui ne ressemble ni à une fée, ni à un robot.
Ils la montrent en riant, avec leurs doigts mécaniques et leurs baguettes magiques.

Alors la bête prend ses bottes à son cou et s'enfuit dans la cour de récréation.

De grosses larmes coulent de ses six yeux.
Mais voilà la maîtresse et un robot, cherchant Marine, Charlotte et Léo.

Ils portent un énorme cadeau en criant "Hip, hip, hip, bravo!"

La bête à trois têtes pleure, pleure et rit aussi !
Elle a gagné le premier prix.
Sous le préau, plus personne ne se moque de Charlotte, Marine et Léo.
Déguisés tous pareils, des orteils jusqu'aux oreilles,
les robots et les fées se trouvent tout stupides...
Alors la bête à trois nez tape ses bottes sur le plancher et invite tout le monde à danser.

Et les surprises ? Et les cadeaux ?
Charlotte a choisi le costume de Zorro, avec sa cape et son chapeau.
Léo a préféré l'énorme paquebot et tous ses jolis drapeaux.

Marine, elle, a adopté le pipeau et le poisson rouge dans son seau, avec de l'eau.

Avec leurs amis, Charlotte, Marine et Léo ont croqué un délicieux gâteau, fourré de cacao sur un gigantesque plateau.
Marine a reçu le plus gros morceau !
Quelle chouette journée !

Pourtant, en se couchant, Léo a chuchoté dans l'oreille de papa :

–Dis, moi aussi, j'aimerais un poisson rouge, un tout petit poisson!

Et sur son oreiller, Charlotte a murmuré en s'endormant dans les bras de maman :
– Je voudrais bien souffler... dans un joli pipeau
...tout petit !

Imprimé en Belgique par Casterman, S.A., Tournai
Dépôt légal : 3e trimestre 1997.
Déposé au Ministère de la Justice, Paris (loi n° 49.956 du 16 juillet 1949
sur les publications destinées à la jeunesse).